# NOTICE

SUR

## BROU.

# NOTICE

SUR

# BROU,

A L'OCCASION DE SEPT NOUVEAUX DOCUMENS TROUVÉS DANS
LES ANCIENNES ARCHIVES DE FLANDRES, POUR SERVIR A
L'HISTOIRE DE CETTE ÉGLISE ET A CELLE DU COUVENT DE
SAINT-NICOLAS DE TOLENTIN;

PAR

## J.-C. DUFAY,

SECRÉTAIRE DE L'INTENDANCE MILITAIRE DE LILLE ET MEMBRE CORRESPONDANT
DE LA SOCIÉTÉ ROYALE D'ÉMULATION DE L'AIN.

## BOURG (AIN),
CHEZ M. MARTIN-BOTTIER, LIBRAIRE.

IMPRIMERIE DE MILLIET-BOTTIER.
1844.

Attaché de cœur à la Bresse qui est devenue, depuis environ quinze ans, mon pays adoptif, je ne pouvais rester long-temps à Lille, où les devoirs de mon emploi dans les bureaux de l'intendance militaire me retiennent depuis 1841, sans me préoccuper de l'appel fait par l'honorable Président de la Société royale d'Emulation de l'Ain, dans son intéressante dissertation au sujet des premiers documens relatifs à l'église de Brou, trouvés dans les archives de Flandres.

Je résolus d'utiliser ma présence au milieu de ce foyer de précieuses lumières en rassemblant quelques nouveaux rayons propres à éclairer encore la monographie de notre splendide édifice.

En sollicitant de M. Leglay, archiviste-général du département du Nord, la faveur de recevoir de lui communication de pièces originales inédites, c'était lui demander de faire jouir la Bresse des fruits de ses laborieuses recherches, c'était satisfaire au vœu exprimé par la Société d'Emulation de l'Ain, et prendre moi-même l'engagement de tirer de cette importante communication d'utiles renseignemens pour tous, sous le rapport de l'art et de l'histoire. Ai-je atteint mon but?

1

La bonne volonté de l'archiviste n'a pas fait défaut ; la complaisance du savant, mise souvent à
l'épreuve pour me guider dans la lecture et la
transcription des titres originaux dont j'ai fait moi-
même les copies, a acquis à M. Leglay le tribut
de ma gratitude particulière et la reconnaissance
des vrais amis de notre pays.

J'ai fait scrupuleusement l'envoi de ces richesses
historiques à Bourg, où elles ont été accueillies
avec l'empressement dont elles étaient dignes ; la
Notice même publiée aujourd'hui a trouvé grâce,
malgré ses imperfections, devant l'intention d'utilité
qui l'a motivée. En effet, relever quelques erreurs
qui se sont glissées dans l'histoire de Brou par le
P. Rousselet, rapprocher les chroniques diverses
au sujet des artistes qui ont coopéré à la grande
œuvre monumentale, tirer des inductions fondées
de ces nouveaux documens, et mettre en évidence
quelques particularités susceptibles de faire apprécier les arts et les mœurs du temps : voilà quel fut
l'objet de mon faible essai.

La Société royale d'Emulation de l'Ain, en m'ho-
norant du titre de Membre correspondant, m'a
donné une preuve d'encouragement que je tâche-
rai de mériter et qui lui assure mon plus entier
dévouement.

Lille, le 8 août 1845.

# NOTICE

SUR LES DOCUMENS TROUVÉS DANS LES ARCHIVES DE LA
CHAMBRE DES COMPTES DE LILLE, CONCERNANT L'ÉGLISE
DE BROU, EN BRESSE.

> Qu'on y voit bien la main et le cœur d'une femme !
> Quelle tendre pensée abrite ces tombeaux !
> Quel génie enchanteur soupirait dans cette âme
> Qui veille encor sous ces arceaux !
>
> POÈME DE NOTRE-DAME DE BROU (Léon Bruys).

### 1.

Le P. Rousselet, dans son *Histoire de Brou*, se contente
de faire connaître « que Marguerite d'Autriche, après
« avoir passé plusieurs années en Flandres, dont elle était
« gouvernante, et terminé les affaires qui l'y avaient
« appelée, reprit le chemin de Brou qu'elle n'avait quitté
« qu'à regret. » Mais il ne dit pas dans quelles circons-
tances, et comment cette princesse se trouvait gouvernante
de la Flandres. En voici l'explication justifiée par la correspondance de Marguerite, et conforme avec l'histoire du
temps.

A la mort de l'archiduc Philippe, roi de Castille, arrivée
le 25 septembre 1506, Maximilien, empereur d'Allemagne
et père de ce prince, devenait le tuteur de ses petits-enfans.
Or, les Etats de Flandres appartenaient alors à l'Espagne ;
l'empereur ne pouvant abandonner son gouvernement que
de graves intérêts agitaient continuellement, appréciant
d'ailleurs les talens et la sage conduite de sa fille Marguerite dans la gestion de son duché de Bourgogne, après le

décès de son second mari Philibert, dit le Beau, duc de Savoie, lui confia l'administration des Pays-Bas pour Charles d'Autriche, depuis Charles-Quint.

Marguerite fut donc reconnue gouvernante des États de Flandres. Elle commença sa tâche de régente dans les premiers jours de l'année 1508. Elle l'accomplit à la satisfaction générale des gouvernans, ses alliés, et des gouvernés, jusqu'en 1516, époque à laquelle son neveu et son élève, Charles d'Autriche, fut émancipé, et succéda même à Ferdinand-le-Catholique dans le gouvernement des Espagnes, par suite de la mort de ce dernier, arrivée le 23 janvier de ladite année 1516.

Il est vrai que Marguerite ne cessa pas immédiatement ses fonctions de souveraine. Charles, en quittant la Flandres pour se rendre en Espagne, remit à sa tante la *signature de tous les actes, la garde du signet des finances et la collation de tous les offices* ; mais elle n'agit plus de sa propre volonté ; et si Charles lui rendit justice sous le rapport de sa bonne administration, comme le prouve la donation qu'il lui fit de la ville de Malines avec un revenu annuel de cent mille écus d'or, toujours est-il qu'il ne lui épargna pas quelques contrariétés assez pénibles, puisque, dans sa correspondance, on la voit s'en plaindre à son père qui intervient auprès de son petit-fils (1).

Le dernier acte de la vie politique de Marguerite fut la *paix dite de Dames*, négociation qu'elle avait conduite avec la plus grande habileté, et dont le résultat fut un traité de paix que signèrent, en 1529, à Cambrai, Charles-Quint et François Ier.

Marguerite mourut à Malines l'année suivante (le 30 novembre 1530), au moment où elle se disposait, non à revenir habiter son duché de Bourgogne, comme on pour-

(1) Lettres de Marguerite à Maximilien, par M. Leglay. 2 vol. in-8°. Paris.

rait le croire d'après le passage de l'histoire du P. Rousselet, cité plus haut, mais bien lorsqu'elle s'apprêtait à
se rendre à Brou, dans l'intention seulement de hâter
l'achèvement de son église, édifice qui occupait toute sa
pensée depuis la mort de son second mari.

Il ne peut donc plus paraître surprenant qu'obligée de
transmettre ses ordres à deux cents lieues de la Bresse, et
de recevoir de ses délégués une correspondance très-active,
pendant un espace de temps qui n'a pas été moindre de
vingt ans (de 1511, date de la fondation de l'église de
Brou, jusqu'en 1530, époque de sa mort), Marguerite ait
laissé dans les états de Flandres les documens que nous
retrouvons aujourd'hui, pièces malheureusement en trop
petit nombre pour l'intérêt de notre pays, mais qui té-
moignent toutes de la haute sollicitude de cette princesse
pour cette œuvre que l'historiographe Lemaire affirmait à
sa souveraine *estre le plus grant chief-d'œuvre qu'on fera
es parties par deçà.*

## II.

Les documens trouvés jusqu'à ce jour dans les anciennes
archives de la cour des comptes de Lille se composent de
douze pièces.

Les quatre premières figurent déjà à la suite de l'*Histoire de Brou* par le P. Rousselet (5e édition, 1840). Elles
ont donné lieu à une dissertation intéressante de la part de
M. Puvis, président de la Société royale d'Emulation de
l'Ain, et sont extraites des *Annalectes historiques,* publiées
en 1838 par M. le docteur Leglay.

Les autres pièces encore inédites que nous avons copiées
avec soin sur les originaux, et qui ont été certifiées con-
formes par M. l'archiviste général du département du
Nord, ont été envoyées par nous, à la même Société.

Nous donnons ici la nomenclature de ces douze pièces importantes, tout en nous bornant à la citation du texte des écrits nouveaux et inédits ; savoir :

1° Une lettre de Jean Lemaire, historiographe et indiciaire de Bourgogne, à Marguerite d'Autriche, datée de Tours, 22 novembre 1511, accusant réception de 142 florins pour Michel Colombe, statuaire.

2° Un écrit aussi daté de Tours, du 3 décembre 1511, par lequel Michel Colombe, *tailleur d'imaiges*, reconnait avoir reçu de Jean Lemaire 94 florins d'or, pour avoir fait en petit la sépulture de feu le duc Philibert de Savoie.

3° Une autre lettre de Jean Lemaire à Louis Barangier, *maistre des requêtes* et secrétaire de Marguerite, concernant les *marchiez convenus entre maistre Jehan, de Paris, et maistre Michiel Coulombe.*

4° Une troisième lettre de Jean Lemaire à Marguerite, dans laquelle il l'entretient de divers ouvrages de peinture et de sculpture commandés par elle, ainsi que des paiemens à faire aux artistes.

5°.

*Lettre du frère Louis de Gleyrems, religieux du couvent de St-Nicolas de Tolentin de Brou, datée du 2 septembre 1521, donnant à Marguerite des détails sur les travaux de son église.*

Nostre très redoubtée Dame, et mère très benigne, Dieu vous doint bonne vie et longue, vous plaise scavoir que le jour de la feste sainct Augustin, monseigneur l'escuier Marnix est venu visiter l'édiffice de vostre égliese de Brou, avec messieurs de vostre conseil de Bourg, et ont veu l'avancement d'icelluy, et trouvé que voz deux chappelles collatérales du cueur sont voultées, aussi les alées haultes et basses et oratoires dessus et dessoubz, du cousté du cloché.

Et que sur lesdistes alées sont posés les chanaulx et gargolles pour conduyre les eaux tombans sur les toys.

Et le cloché estre haussé ceste année de XXIIII à XXV piedz.
Et les ouvriers sont après à voulter le crepon du cueur, et la
voulte en suivant; et aussi à voulter la chappelle de Mons' vostre
aulmosnier. Et taille l'on les clefz pour commencer la voulte de
la chappelle de mons' le grand maistre; lesquels seigneurs ont
trouvé aussi que avons assés bonne prouvision de estauffes, mesmement de thiole (tuiles) plombée pour le couvert, et de boys pour
faire le charpentaige, à peu près de ce que reste à faire. En quoy
s'est emploié si grant argent que n'avons plus que environ XV ou
XVJ^m florins. Et n'est possible que la dite somme puisse fournir
plus avant que d'ici à la Toussaint, et sera forf de enterrompre
vostre euvre, si vostre bon plaisir n'est d'y vouloir suppler.

Et pour ce qu'il vous pleust desnièrement nous escripre que
manderiés ung de voz gentilz hommes par ycy qui donneroit ordre
à ce que seroit nécessaire au dit affaire, pensions que mons' vostre
escuier, devant dict, auroit commission d'y pourveoir, lequel
toutesffois nous a dict non avoir, pour le présent, autre charge
que de visiter vostre euvre, et vous advertir de l'estat d'icelle.
Bien nous a il dict avoir charge de vous, de recouvrer plusieurs
restes de desniers qui vous sont déhus en ce pays, lesquels avés
vouloir y emploïer. Mais pour ce que nous doubtons que lesdits
desniers ne pourroient estre sitôt prestz que seroit de besoing, et
par ainsi pourroit vostre dit euvre cesser cest yver par faulte d'argent, nous en avons bien voulu advertir de bonne heure, pour y
adviser d'en faire selon vostre bon plaisir. Parquoy mesdits seigneurs de vostre conseil, mon dit s' vostre écuier, m^e Loys et
moi avons esté d'avis, pour le plus seur, de vous transmectre ce
messagier, exprès porteur de ceste, pour vous informer de l'estat
et neccessité en quoy nous sommes, afin d'entendre vostre bon
plaisir avant le partement de m^e Loys, de ce que selon icelluy. Il
laisse son ordonnance pour l'yver advenir, car l'euvre est à présent
au meilleur estat et apparance pour en voir la fin en peu de temps,
comme vous pourront dire ceulz qui l'ont veue.

Et bien entent vostre excellence que d'autant que vostre euvre
monte en hault, d'autant plus est grant coustange, car il est besoing
d'avoir de plus sortes d'ouvriers et matières que n'a esté parcy
devant. Parquoy vous supplie y vouloir avoir advis et regard, car
si l'euvre cesse sera vostre grant dommaige et intérest.

Nostre très redoubtée dame il vous plaira nous mander vostre bon plaisir pour icelluy accomplir, aydant nostre saulveur qui vous doint sa saincte bénédiction. Me recommandant très humblement vostre benigne grâce.

Escript en vostre couvent de sainct Nicolas de Tolentin de Brou, le second jour de septembre, par vostre humble orateur et serviteur des Augustins, le moindre.

*Signé :* Frère LOYS DE GLEYREMS.

6°.

*Lettre datée de Bourg, du 23 octobre 1522, écrite par les membres du conseil de Bresse, qui informe cette princesse de l'état des travaux de Brou, et de la nécessité de pourvoir, par remplacement, à la charge de trésourier particulier, confiée au sieur Guillemin de Maxins, châtelain de Montluel, et aux fonctions de procureur du comté de Villars.*

Nostre très redoubtée Dame, tant et si très humblement que faire pouvons, à vostre bonne grace nous recommandons.

Ma Dame, quelqu'ordre que nostre très redoubté seigneur et tous nous ayons sceu mettre que gens de guerre néussent passé par ce pays, néantmoins en a passé quelque quantité l'esté passé devers Balme tirant contre Provence.

Ma Dame, pour ce que maistre Loys masson de vostre édiffice de Brouz et sur son département, avons veu les ordonnances qu'il a faictes pour l'advenir, et en avons retenu ung double, et sçavons que si est faict ung grand exploix et grand avancement ceste année entant que espérons, moïennant l'ayde de Dieu, la perfection s'en ensuyvra bientostz, reste qu'ilz sont courtz d'argent et seroit besoing avancer dumoins sur l'année advenir, aultrement seront contraincts rompre l'attelier que serait gros dommaige et retardement de l'euvre, le commis du trésourier estre ycy de retour qui est maintenant à Faucigny, pour voz affaires, pourchasserons qu'il sera avancé de mille ou douze cens florins espérantz en ce faire vostre proffit ce que ne vous debvra desplaire.

Ma Dame, nous avons faict crier que vouldroit accenser vostre conté de Villars par plusieurs fois ; et n'avons pas trouvéz plus de deux mille huit cens et vingt cinq florins forcloz les estangs et la justice, actendu que les péages des radeaulx de boys sont grandement ravalés à cause des guerres et que lou u'a pas heu le tirage du boys de vostre conté de Bourgoigne qui se soloit amener a Lyon sur la rivyère d'Ains où est le plus gros de vostre péage de Gordains dépendant du dit Villars. Et pour ce avons expédié après plusieurs criés faictes pour le dit prix à ung nommé Francoys Burgat lequel a bien caucionné, réservant tousjours vostre plaisir, pensant en ce myeulx faire vostre proffit.

Ma Dame, Guillemin de Maxins, Chastellain de Montluel, il y a envyron neufz moys fust fort battu d'ung nommé monsr de Chiloup avec lequel il a accordé sans rien nous en avoir dict, ny dénoncé en vostre justice, ce que trouvons fort estrange. Et getta hors de l'Esgliese de Balam, lors vaccant par le décès du curé, ung officier qui avait esté commis de vostre par pour la garde, disant sur ce avoir heu mandement de Chambery, sans ce qu'il nous en advertit pour y pourvoir pour garder vostre auctorité, estant en ce pays assez mal vostre trésorier, comme nous a dict, et si est homme de maulvaise renommée, pourquoy ne nous semble estre soffisant audit vostre office, et pour ce, ma Dame, que Jehan Blondel, jadis chastellain dudit lieu, lequel fust osté par faveur du grand chastellain et que le dit Blondel est homme qui tousjours vous a tenu bonne raison, homme de bien, nous semble qu'il vous servroit bien au dit office et soulageroit vos subjetz, et les garderoit d'oppression. Dequoy volontiers pour nostre debvoir vous advertissons affin vous plaise y pourvoir.

Ma dame, nous avons entendu que Jehan de Rapholle vous a faict supplier pour avoir le dit office de Montluel, qui est homme non soffisant et non solvable.

Ma dame, Pierre Charra, vostre procureur au conté de Villars, homme deja vieulz et pesant, a ung fils homme scavant et lettré nommé Jehan Charra qui puys neufz ou dix ans, a suyvy vostre greffe de Bresse, le premier et myeulx scavant où il est encoires de présent; et à cause que ledit Pierre pour son ancienneté ne peult plus bonnement vacquer à tout ce que seroit nécessaire pour l'exercice de son office, nous a prié et sollicité vous supplier que vostre bon plaisir fust luy donner ledit Jehan son filz pour coadjuteur au dit office, sa vie durant et après son décès, le pouvoir du dit office; ce que faisons pour ce qu'avons trouvé tousjours ledit Pierre Charra bien rendant son debvoir envers vostre excellence et espérons que le filz n'en fera pas moins vehu qu'il a bon commancement et scavoir pour ce faire, nous supplions très humblement les avoir pour recommandé.

Ma dame, il vous plaira tousjours nous mander et commander voz bons plaisirs pous y obéyr et yceulx accomplir de nostre pouvoir, aydant nostre seigneur auquel prions, ma très redoubtée dame, vous donner bonne vie et longue.

Bourg le XXIII<sup>e</sup> octobre.

Voz très humbles et trés obéissans subjetz et serviteurs.

*Les président et aultres gens de vostre conseil en Bresse.*

---

7°.

*Ordonnance de Marguerite, à la date de mars 1523, déportant Guillemin de Maxins de sa charge et confiant la manience et distribucion des desniers ordonnés pour les ouvraiges de l'édifice de Brou, au père prieur du couvent.*

Marguerite, par la grace de Dieu archiducesse Daustrice et de Bourgoingne, ducesse donaigière de Savoye, contesse de Bourgoingne et de Charrolais, de Romont, de Baugey, de Villars etc. Dame de Salins, de Malines, de Chastelchinon, de Noyers, de Chaulcins, de la Parrière, des pays de Bresse, de Vaulx, de Faucigny, etc. a nostre très chier et feal chief commis sur le fait de noz domeines et finances et nostre premier maistre d'hostel, le S<sup>r</sup> de Rosimboz, salut. Comme par austres noz lettres patentes nous ayons cà devant commis et institué Guillemin de Maxins maistre de nos euvres de l'ediffice de nostre couvent de Brouz pour entandre à la receptiou et delivrance des deniers par nous ordonnéz pour les ouvraiges du dit édiffice. Et il soit que puis nagueres pour aucunes bonnes causes à ce nous mouvant nous ayons advisé de depporter le dit Guillemin de la manience et distribucion des dits desniers, et voulons et entendons iceulx estre desormais distribuéz au père prieur de nostre dit couvent. Au moïen de quoy est requis

et nécessaire pour l'acquict et seureté de nostre trésourier général
faire dépescher autres noz lettres patentes pour faire délivrer es
mains du dit père prieur les desniers que soulions faire délivrer
au dit Guillemin de Maxins pour les dits ouvraiges et édiffices.
Pourquoy, ce considéré et en sur ce vostre advis, voulons et vous
mandons que par nostre très chier et feal conseillier tresourier et
receveur général de toutes nos dites finances, Jehan de Marnix,
Sr de Thoulouze, et des desniers de sa recepte, vous faictes par
lettre de descharge qu'il dépeschera desormais tous les ans jusques
à la perfection des dits édiffices ou que aultrement par nous en
soit ordonné, bailler et délivrer au dit père prieur de nostre dit
couvent de Brouz la somme de douze mil florins, monnoye de Savoye, pour emploier audit édiffice et perfection d'icelluy auquel
nostre tresourier et receveur général Jehan de Marnix ordonnons
d'ainsi le faire. Et par rapportant ces présentes copies ou vidimus
auctenticques d'icelles avec quittanse du dit prieur ou de nostre tres
chier et feal conseillier, confesseur et aulmosnier, messire Anthoine de Montecut abbé commendataire de Sainct Vincent de
Besançon, au nom du dit prieur, et lequel nostre aulmosnier avons
a ce auctorizé. Nous voulons icelle somme estre passée et allouée
es comptes et rabatue de la recepte d'icelluy nostre trésourier et
receveur général Jehan de Marnix par noz amés et feaulx les commis
ou à commettre de par nous a l'audicion de ces dits comptes aux-
quelz mandons aussi par ces dites présentes que ainsi le facent
sans aucune difficulté, car ainsi nous plaist-il, nonobstant quel-
conque ordonnance, et instructions, mandemens ou deffences a ce
contraire. Donné en nostre ville de Malines, ce jour de mars, l'an
de grace mil cinq cens vingt et trois (stile de Rome).

Signé MARGUERITE.

Original en parchemin signé au-dessous : *Archives de la chambre
des comptes de Lille*. (Le sceau a disparu.)

A Malines, mars 1523.

*Bastimens du couvent de Brou en Bresse.*

## 8°.

*Marché fait par Ma Dame avec M^e Conrard Meyt, tailleur d'ymaiges, ce jourdhuy XIIIJ d'avril, anno XXVI, après Pasques. Présents Mess^rs le conte de Hochstrote, chevalier d'honneur, de Rosimboz premier maistre d'ostel. Mess^rs Anthoine de Montecut, aulmosnier et confesseur. Jehan de Marnix trésorier général de ma dite Dame, et M^e Loys de Van beughen commis par ma dite Dame à la conduicte de l'édiffice de Brou.*

Premièrement a esté dict et accordé que le dit M^e Conrard se transportera d'icy en Bresse, au couvent de Brouz, pour besoigner aux sépultures que ma dicte Dame entend estre faictes en icelle églèise de Brouz, et selon le pourtraict pour ce faict, par ledit M^e Loys Van beughen, fera les pièces que sensuyvent de sa main, assavoir les visaiges, mains et les vifz, et au surplus, se pourra faire aider par son frère, ou autres bons et expertz ouvriers que M^e Loys luy baillera, comment cy après est déclaré.

Premier, la figure et représentacion au vif de feu Monseig^r le duc Philibert de Savoye, illehecques reposant avec le lion couchant aux piedz, et alentour les six enffans, dont les quatre tiendront ses armes et épitaphe, et les deux du milieu; l'ung, les gantelletz, et l'autre le timbre, et cecy se fera de marbre blanc.

Item fera audessoubz la figure de la mort, selon le pourjet, et icelle figure sera d'albastre.

Item fera le personnaige de la figure et représentacion de ma dame, au vif, avec le levrier couchant aux piedz, et alentour quatre enffans tenans les armoyries; le tout de marbre blanc.

Et fera audessoubz la représentacion de la mort, d'albastre.

Item fera aussi le personnaige de la représentacion de madame Marguerite de Bourbon, mère de feu Monseig^r de Savoye, et quatre enffans alentour, tenans les armoyries, lesquelles pièces il fera d'albastre, à cause que la dite sépulture est en lieu remot (écarté) qui ne se peult dampneffier (craindre des dommages) comme les autres.

Et quant aux vertus et aultres pièces nécessaires à faire autour des dites sépultures pardessus ce que dessus, le dit M^e Loys Van benghen les fera faire sur sa charge, le tout d'albastre comme il appartient.

Le dit Me Conrard rendra le tout fait et parfait deuement au dit de maistre, dans le temps et terme de quatre ans prouchain venant, à compter dois le XVe de may prouchain venant, anno XVcXXVI, moïenant la bonne assistance que ledit Me Loys lui fera d'ouvriers qui sera de trois bons ouvriers, au nombre desquels le frère dudit Me Conrard sera comprins aux raisonnable gaiges de ma dite Dame, et luy fera aussi la délivrance des pierres de marbre et d'albastre nécessaires pour l'ouvraige que dessus, ce que ledit Me Loys a promis faire en présence que dessus.

Et pour son sallaire et payement de ses paines et labeurs du dit ouvraige, aura icellui Me Conrard, de ma dite Dame, la somme de trois cens livres de XL gros par an, dont il sera payé de quatre mois en quatre mois, par esgale porcion; assavoir des premiers quatre mois, par les mains du dit Jehan de Maruix, trésorier gé-néral de ma dite Dame, par forme d'anticipacion, pour faire ledit voiaige. Et du surplus, montant à onze cens livres, pour lesdites quatre années, par les mains du trésorier de son douaire de Sa-voye aux termes que dessus, et par esgale pourcion, au cas qu'il besoigne continuellement en l'ouvraige que dessus, dont il sera tenu rapporter certificacion des deux beaux pères ayant charge des dits édiffices, à ung chacun paiement et terme d'icelluy.

A esté aussi convenu et accordé que si le dit Me Conrard devenait ou demourrait malade par le continuel espace de deux mois ou environ, et que par ce, ledit ouvraige se retardat, que ma dite dame y pourrait pourvoir à son bon plaisir, sans quelle demoure en rien lyée par le marché dessus dit envers le dit Me Conrard; et en ce cas, ferait descharge de son dit traictement.

Et pareillement, si ledit Me Conrard n'avait parfait ce dit ou-vraige qu'il entreprend deans iceulx quatre ans, et que ce fust à sa faulte, que ma dite Dame sera, en ce cas, quicte et deschargée des gaiges quelle luy donne par ses escroès (registres de compte), pour au dit cas, le faire mectre hors d'iceulx escroès a toujours, si bon luy semble. Et si a esté devisé que moïennant ce traictement dessus dit il en demourera royé dois le XVe de may prouchain venant que son dit traitement commencera, et aussi longuement qu'il doyra de son dict traitement.

Et pour savoir si le dit Me Conrard fera son debvoir, ma dite Dame veut et entend que au bout de quatre années dessus dites que le dit Mᵉ Conrard besoignera, deux maistres de la chambre des comptes à Bourg, et le prieur et religieux de Brouz qui ont la charge et solicitacion de ce édiffice du dit lieu, visitercnt l'ouvraige que le dit Mᵉ Conrard aura fait. Pour et en cas qu'il ne fust lors perfaict, savoir si ce sera procédé à la faulte dudit Mᵉ Conrard, ou par faulte de l'assistence dudit Mᵉ Loys, pour cecy entendu, y estre faict et ordonné par ma dite Dame comme il appartiendra. Et s'il est perfaict, le feront visiter par maistres à ce cognoissans, pour savoir si sera faict et perfaict comme il a promis.

Lesquelles choses icellui Mᵉ Conrard a promis faire, furnir et accomplir de point en point comme dessus, sans fraulde ni malengyn.

Et ma dite Dame le faire payer et contenter de son dict traictement comme dit est, et luy faire livrer les marbres et albastres nécessaires en place. Ainsi faict, et conclu à Malines, les jours et an, et présens les dessus dictz.

Signé MARGUERITE.

Signé CONRARD MEYT.

Signé LOYS.

———

9°.

*Lettre écrite de Bourg, à la date du 11 juillet (1526?) par Humbert Grilliet, chargé de la comysion de neufz piesses de marbre fin de Pise, et rendant compte de l'exécution de sa mission.*

Ma très redoubtée dame tant et très humblement que faire je puys à vostre bonne grasse me recomande.

Madame par vous serviteurs ayant la charge de vostre édifice de Brou me fut donné comysion fere veny neux piesses de pierre marbre de Pise fin ;... près de Myribel, vostre pays de Bresse, ce que jay fet veny selon les mesure par maystre Loys de Brou, a moy données, telleman que y s'en contanton et m'on payé se que par le cost d'iselle pierre avions deboursé, tant par mal que par le Rosne, que charge que descharge; et pour ce que nous denyers y on demoré et par la poyna de nous gens d'Avignon et de tout nous

rien par de sella (sic) se remettan à vostre excellance d'en fere se
que y vous plera se que de bon ceur ay acordé y vous plera co-
mander vostre bon playsir.

Madame y vous plera me mandé et commandé vostre bon playsir
pour yceluy de tôt mon povoyr aconply et prieray nostre seigneur
ma très redoubtée dame vous donné bonne vie et longue. De vostre
syté de Bourg, ce XJe de juillet.

Vostre très humble et hobeyssan suggect,

*Signé :* Humbert GRILLIET.

---

## 10°.

*Lettre du frère Loys de Gleyrems, datée du 14 juillet*
*(1526?) et signée aussi par Van Boghem, commis à*
*la conduite des travaux de Brou, faisant connaître*
*l'arrivée du marbre d'Italie, l'avancement des ou-*
*vrages de l'édifice, la pose du Jubé, et la prochaine*
*fermeture de l'église.*

Nostre très redoubtée dame et mère très bénigne et Dieu vous
doint bonne vie et longue, vous plaise scavoir que j'ai reçu la
lestre qu'il vous a pleu m'escripre du moys de may faisant men-
tion du marbre, lequel est arrivé, la grâce nostre Seigneur, et
couste tant d'argant que de voicture rendu au port de Neyron sur
le Rosne, dessoubtz vostre chateau de Miribel IIJ$^c$.LXIJ $\triangledown$ (I)
d'or soleil et ung solz tournois, ainsi que Humbert Grilliet a
monstré à Mess$^{rs}$ de voz comptes par ses parcelles de jour en jour
et de lieu en lieu; et du dit port de Neyron les neufz piesses du
dit marbre rendues à Brouz, ont cousté de voiture deux cens et
septante quatre florins, unze gros, et deux grains encoures à grant
paine et difficulté mesmement à cause des troys grandes piesses
dont avons monstré à mes dits Seigneurs des comptes aussi la
despense de la dicte voicture de parcelle en parcelle ; ainsi le dict
marbre rendu à Broz couste en somme seize cens quarante deux
florins six gros et deux grains, pour laquelle somme vous supplie
très humblement vostre bon plaisir soit mandé descharge à vostre

(I) Écus.

trésourier pour avoir l'argent, et quant au dict Humbert Grillet quy se soumect à votre bon plaisir et grâce de sa peine, je le vous recommande car luy et son frère y ont prins beaucoup de peine.

Ma dame vous plaira scavoir aussi que nous faisons la meilleure diligence que pouvons pour veoir la fin de vostre egliese et sont faictes les voltes des huit chappelles collaterales de la nau (nef) et les six des alées joignantes à icelles; aussi l'on a taillé et posé quatre fermeries des fenestres de quatre chappelles prouchaines de la croisée collatéralle de la nau; et au plaisir de Dieu, espérons faire une des grandes voltes de la dite nau devant l'yver; ainsi n'en restera à faire que troys de la dicte nau, de quoy nous avons la taille de l'une preste et ferons tailler ce yver à l'aide de Dieu la taille de la tierce; et ne restera si non la dernière des dites grandes voltes et les deux alées joignantes au portal qui ne se peuvent faire sans haulser le dit portal lequel le Mᶜ Loys espère de lever de huit à neufz piés devant l'yver. L'on est apres à poser le jubé qui sera triumphant et fort riche pour les beaulx ouvraiges et folliages quy y sont. Les verriers sont apres la tierce vrière du crépon et celles de vostre chappelle, et espère Mᵉ Loys, à l'ayde de Dieu, faire tel avancement pour l'esté advenir, que le dit portal sera tant avancé que l'on pourra clorre l'egliese, laquelle estre close l'on pourra poser les sépultures et contretables que l'on n'ose poser que l'egliese ne soit close, de peur que l'on ne les gaste, lesquelles sont fort avancées comme l'on vous a autreffois escript. ledit Mᵉ Loys dict que pour plustôt dépescher vostre affaire par avanture il ne s'en ira point ce yver, ou s'il s'en va ne demourera en sa maison que troys sepmaines ou ung moys. Ainsi sera forsé faire plus grosse despence, estant ledict maistre Loys sur l'œuvre. Pourquoy vous supplie très humblement vouloir mander à vostre trésourier que si argent nous fault, nous avancer sur l'année qui vient, car vostre argent se accoursit fort; et vous plaira nous mander et commander vostre bon plaisir pour icelluy faire et accomplir. Aydant nostre besnoit saulveur auquel je prie vous donner tousjours sa saincte grâce et bénédicion avec bonne et longue vie recommandant très humblement à vostre benigne grâce.

Escript en vostre couvent de Sainct Nicolas de Tholentin de Broz, le XIIIJᵉ jour de juillet, par vostre très humble orateur et serviteur des Augustins le moindre.

*Signé :* Frère LOYS DE GLEYREMS.

*Signé :* VAN BOGHEM.

## 11°.

*Lettre du frère* Remyge *( Remy ), religieux et vicaire du couvent de Bou, à la date du 14 juillet (1528 supposé) faisant part à la princesse de l'achat, en son nom, de deux étangs situés à Chevroux, pour le prix de XV cents florins, dont le couvent acceptera le revenu annuel.*

Nostre très redoubtée Dame, et mère très benigne, Dieu vous doint bonne vie et longue, vous plaise scavoir que nostre beau-père prieur qui s'en ala en Italie à Pasques desnière pour obessance à nostre chappitre, n'est encoures venu, et jà longtemps a, n'avons eu aucunes nouvelles de luy dont sommes fort desplaisant auquel en caresme dernier passée furent présentés à vendre deux étangs assiz à Chevroux, et pour ce qu'ilz sont de prix et franc aliod et prouchains à celuy que y avez jà acquis à vostre couvent, et par ainsi bien utiles et nécessaires pour aider l'un à l'autre à l'appoissonage par le conseil et advis de mess⁹ de vostre conseil de Bresse, et en ladite pièce lesdits deux estangs ont été achestés à vostre nom et en déduction de vostre fondation, et ce pour le prix de XV cens florins, lesquelz notre dit père prieur emprunta pour faire le paiement, exposant que sur ces lettres qu'il vous avoist escrist de Bezançon, environ caresme prenant, manderiez à vostre trésorier la décharge des XVᵉ cens escus que jà autrefois de vostre bénigne grâce avez ordonné estre délivrés pour achester la grange du médecin; mais pour ce que n'avez point mandé ladite descharge au moïen de laquelle l'on pensoit rendre les dits XV cens florins empruntés lesquelz sommes pressez de rendre à ceulx quy les ont prestés, car le terme à eulx promis est passé et par ainsi leur faisons grant faulte. A cause de quoy, en l'absence de nostre dit prieur, sommes en grande tristesse et mélancolie, et ne scavons que faire si non recourir à vous comme à nostre bénigne et très piteuse mère; pourquoy très-humblement vous supplions et requerons que vostre bon plaisir soit en cecy nous vouloir secourir et mettre hors de ceste mélancolie en mandant descharge à vostre dit trésorier pour nous délivrer lesdits XV cens florins pour iceulx rendre, autrement le couvent sera contraing revendre les dits estangs

ou aultres biens, qui serait chose vitupérable (blamàble) oultre le dommaige de vostre dit couvent.

Ma Dame vostre couvent acceptera les dits XV florins pour revenu annuel, ainsi qu'il vous plaira d'ordonner, vous suppliant nous mander et commander vostre bon plaisir pour ycelluy faire et accomplir, aidant nostre saulveur auquel prions vouz donner tous jours sa saincte grâce et bénédiction et bonne et longue vie, nous recommandant très humblement à vostre benigne grâce.

Escript en vostre couvent de sainct Nicolas de Tolentin de Broz, le XIIIJe jour de juillet, par voz très humbles serviteurs et oratours.

*Signé:* Frère REMYGE vicaire indigne et religieux de vostre couvent de Brouz.

---

## 12º.

*Acte de donation, du 15 avril 1521, de divers biens situés en Bresse, dont Marguerite dota le monastère de Brou.*

Cette dernière pièce n'a pu être rapportée textuellement dans cette Notice, à cause de l'étendue de la matière qui s'éloigne de beaucoup du cadre auquel nous nous sommes astreint; mais nous renvoyons le lecteur à notre dernier article que nous avons consacré à cette donation, comme étant le document de la plus haute importance qui puisse intéresser l'histoire spéciale du couvent de Saint-Nicolas de Tolentin, à Brou.

---

## III.

Les mémoires des ouvriers, déposés au couvent de Brou et consultés par le P. Rousselet, furent trouvés si incomplets que cet historien déclare lui-même, dans son ouvrage, avoir été sur le point de renoncer à faire connaître les noms d'André Colomban et de Vanboghem comme les premiers architectes connus.

Après trois siècles, la lumière surgit à cet égard, et nous permet de nommer enfin le véritable architecte de l'église de Brou, ainsi que celui qui a présidé à la conduite des travaux.

A la lecture de la dissertation écrite par M. Puvis, on ne peut révoquer en doute que ce ne soit à Jehan Perréal (Jean de Paris), peintre du roi Louis XII, qu'est dû le plan général de l'édifice et des monumens qu'il renferme.

La preuve est sans réplique dans l'acte du 3 décembre 1511, passé par-devant le notaire Formon, de Tours, écrit par lequel Michel Colombe reconnaît avoir reçu 94 florins d'or de Jean Lemaire, historiographe et indiciaire de Bourgogne, pour lui et ses trois neveux, *pour avoir fait en petit la sépulture de feu le duc Philibert de Savoie, mari de Marguerite, duchesse de Bourgogne,* SELON LE DESSIN DE JEAN PERRÉAL, PEINTRE ET VALET DE CHAMBRE DU ROI. Par le même acte, Michel Colombe s'engage à entreprendre ensemble « *l'élévation de la plate-forme de* « *l'égleise, mesmement touchant la sépulture des deux* « *princesses dont nous avons,* dit-il, LE POURTRAICT ET « TABLEAUX FAITZ DE LA MAIN DE JEHAN DE PARIS, *avec l'advis* « *en présence de maistre Henriet et maistre Jehan de* « *Lorraine, tous deux très-grants ouvriers en l'art de* « *massonnerie.* »

Or, puisque Jean de Paris fait sur les lieux le plan de l'église de Brou, et que ce plan, suivi en septembre 1511, a été commencé dès le mois de mars précédent, sans qu'aucune autre main ne l'ait modifié, n'est-ce pas ce peintre habile qui assume sur lui seul tout l'honneur de la conception de l'édifice?

Maintenant quel est celui qui, s'identifiant en quelque sorte avec le projet, a conduit et dirigé les travaux? Est-ce un autre architecte? un maître maçon? un simple conducteur de travaux?

Vanboghem, que les poudreux dossiers des archives de

Lille nous présentent comme chef d'exécution, est positivement dénommé dans le marché du 24 avril 1526, avec Conrard Meyt. Cet acte, inédit jusqu'à ce jour, est passé en présence de Loys Vanbeughen ( Louis Vanboghem ), *commis par ma dame à la conduicte de l'édiffice de Brouz.* Il signe *Loys* au bas dudit marché ; il signe encore avec frère Gleyrems, chargé de rendre compte de l'avancement des travaux ; enfin, dans toutes les lettres, il est désigné sous le nom de *maistre Loys;* et le conseil de Bresse, dans sa correspondance avec la princesse, à la date du 23 octobre 1522, fait connaître que *maistre Loys, maistre masson de l'édifice de Brou,* avant d'aller passer l'hiver dans sa maison, *a laissé ses ordonnances aux ouvriers,* etc.

Vanboghem est donc celui qui a présidé aux constructions; lui-même, constructeur habile, il surveillait *en chef* le vaste atelier de Brou, qui, d'après le P. Rousselet, était composé d'environ 400 ouvriers. On le consultait pour les marchés à passer. Il assistait au conseil de Bresse; mais quelle était sa profession personnelle? rien ne l'indique précisément. Il était traité avec la considération due à un architecte, et cependant il était payé par jour, comme les ouvriers, sauf qu'il touchait huit sous au lieu de quatre sous deux deniers qu'on donnait aux autres. Cette différence de paie fait présumer qu'il était le chef, mais qu'il n'avait que le rang de *maistre masson* (maçon).

Mais si par le mot de *masson* on veut indiquer, comme on le suppose généralement, les gens occupés d'architecture, alors il faut conclure qu'il n'y avait pas, en ce temps là, deux professions aussi tranchées que de nos jours, et qu'on donnait indifféremment le nom d'*architecte* et de *maistre masson* à ceux qui entendaient la coupe des pierres, la levée des plans et la maçonnerie.

Quoi qu'il en soit, il demeure constant que c'est Vanboghem qui donnait les ordres pour la conduite des travaux.

Quant à André Colomban, son nom n'est connu qu'à

Brou ; et, dès-lors, il ne pouvait être, selon nous, qu'un agent secondaire, quelque habile qu'il fût. Son nom, placé en tête des ouvriers dans les mémoires consultés par le P. Rousselet, le prouve suffisamment.

Il nous semble certain que l'on avait dû pourvoir au remplacement, à l'interim de Vanboghem, lorsqu'il était appelé hors du chantier, et ce second surveillant, ce chef en second, pouvait bien être André Colomban.

Espérons que plus tard de nouvelles recherches permettront de lever ces doutes.

C'est Michel Colomb, *tailleur d'imaiges* et citoyen de Tours, qui est l'auteur des modèles ou *patrons* des tombeaux, d'après les dessins de Jean de Paris.

Ces patrons étaient établis en terre cuite ; on était dans l'usage de les *enluminer* pour distinguer la couleur du marbre à employer.

Le modèle du duc Philibert *gisant*, « ayant ung pied « et demy de longueur, et les vertuz demy pié, et les « aultres ymaiges à la correspondance, » fut confectionné le premier.

Il achevait les deux autres *patrons* des princesses Marguerite de Bourbon et de Marguerite d'Autriche, en 1512, lorsque la mort le surprit à l'âge de 80 ans. Ses trois neveux Guillaume Reynault, Bastien François, et François Colomb, faisaient partie du même atelier et coopéraient à la perfection de ses œuvres.

François Colomb étant également décédé vers la même époque, l'atelier fut dissous, et Jean de Paris dut finir la peinture des derniers mausolées.

On voit dans le traité du 3 décembre 1511 que Guillaume Reynault était *soffisant et bien expérimenté pour réduire en grand volume la taille des ymaiges ;* on le proposait pour ce travail, mais cet honneur ne lui fut pas réservé. De 1512 à 1526, c'est-à-dire en quatorze années, malgré le zèle apporté à l'exécution de l'église de Brou, elle n'avait pu être assez avancée.pour recevoir les sépultures projetées ; et le 24 avril 1526, Marguerite conclut son marché avec Conrard Meyt, aussi *tailleur d'ymaiges*.

Sa réputation était bien connue, puisqu'il dut s'engager à faire par *lui-même* les *visaiges mains* et les *vifs*, lui laissant toutefois la faculté de se faire aider, pour le surplus, par son frère Thomas, ou *autres expertz ouvriers*.

Conrard Meyt vint en effet de Malines à Brou *pour besoigner aux sépultures*, et Vanboghem fut chargé de lui fournir les matériaux nécessaires à son art ; les marbres d'Italie venaient d'arriver et l'on avait fait, à l'avance, ample provision de pierre blanche de la carrière de Saint-Lothain-ès-Poligny, et de marbre noir de Vaugrineuse en Bresse.

Ainsi le peintre Jehan Perréal, soit Jean de Paris, est l'architecte de l'église et des mausolées de Brou.

Vanboghem a été le conducteur des travaux, en sa qualité de *maistre masson ;*

Michel Colomb, *tailleur d'ymaiges*, a fait en petit, et d'après les dessins de Jean de Paris, les modèles ou patrons des mausolées ;

Enfin Conrard Meyt les a exécutés en grand, tels enfin que nous les voyons aujourd'hui.

## IV.

Le marché avec Conrard Meyt nous suggère plusieurs réflexions : il démontre d'abord qu'on ne saurait attribuer à aucun autre sculpteur le merveilleux ouvrage dont il est l'auteur. Il constate que la princesse s'occupait des moindres détails, et réglait elle-même ses conditions avec une prévision remarquable.

Il indique l'époque précise de la fermeture de l'église, époque à partir de laquelle on s'occupa de l'embellissement intérieur.

La recommandation de se conformer au *pourject*, pour la confection des mausolées, dénote qu'il ne s'agit point de nouveaux modèles à consulter, mais bien de ceux arrêtés et exécutés en petit depuis long-temps.

Il nous donne une idée du talent reconnu de l'artiste qui recevait, pour l'époque, une somme assez ronde de 300 livres **XL** gros par an, payable de quatre mois en quatre mois.

Il fait connaître que le terme assigné pour l'achèvement de ces tombeaux est fixé à quatre ans après, c'est-à-dire au *mois d'avril* 1530; et, par un rapprochement remarquable, la princesse meurt le 30 novembre de la même année !!!

Marguerite avait fait procéder, de son vivant, à la construction de son tombeau pour en assurer la place auprès de son mari; elle était certaine que ses intentions seraient exactement suivies. L'ouvrage est terminé, du moins dans la partie des *représentacions des personnaiges;* sa présence n'est plus nécessaire; son vœu est accompli; sa place est prête, elle meurt !!!

C'est à Charles-Quint, qu'elle institue son héritier, de continuer l'œuvre commencée. Elle était trop belle pour ne pas être achevée sur le même plan, et par les mêmes artistes....; elle était trop avancée pour rester inachevée; mais il a fallu encore six années, puisque, d'après les chroniques, l'entier achèvement du monument date de 1536; et si l'on en cherche la cause, on la trouve dans l'absence, désormais, de cette volonté immuable qui présidait à tout, prévoyait tout et animait tout..... Les fonds arrivaient avec une parcimonie et une lenteur désespérantes.

## V.

Une observation fondée a été faite par M. le président de la Société d'Emulation de l'Ain. Le P. Rousselet, dit-il, a commis une grave erreur en annonçant que le *marbre noir* employé à la construction des mausolées de Brou venait de St-Lothain-ès-Poligny. Or, le marbre de Saint-Lothain *était blanc*. La preuve en est déduite dans la lettre de Jean Lemaire qui recommande cette carrière comme produisant le *plus bel* ALBASTRE *du monde ;* de même que Michel Colombe affirme que ladite pierre est *très bon* et *très certain* MARBRE D'ALBASTRE, etc.

On admet toutefois que les grandes pièces sont venues de Carrare.

Oui le P. Rousselet s'est trompé en annonçant que le marbre de St Lothain était *noir ;* mais, selon nous, il a commis une double erreur : ce n'était pas du marbre.......

La pierre trouvée dans la carrière de St-Lothain était de *l'albastre*, comme dit Jean Lemaire. Les ouvriers du temps ont bien pu lui donner le nom de *marbre-albastre*, à raison de son affinité avec le marbre qui est veiné, mais ils auraient pu dire de même *pierre d'albastre* ou *pierre blanche*.

Jean Lemaire s'était fait accorder l'exploitation de la *perrière* (carrière) *du plus bel albastre du monde*, et le plus « approuvé, ny en Espagne, ni en Italie, ni en Angle-« terre, n'en y a point qui l'approche en bonté, beauté « et polissement. »

On conçoit qu'il avait intérêt à vanter la pierre d'une si grande blancheur qu'il l'appelait *albastre*, mais il n'emploie pas le mot *marbre*.

Michel Colombe joint les deux mots et s'exprime ainsi :
« Pourveu que la *dicte* PIERRE soit tirée en bonne saison, « c'est très bon et très certain *marbre a'albastre*, très-« liche et très bien polissable en toute perfection et ung « trésor trouvé au pays de ma dicte dame, sans aller « cuérir autre *marbre* en Italie ni ailleurs ; car les autres « ne se polissent pas si bien et ne gardent point leur blan-« cheur, ains se jaunissent et ternissent à la longue. »

Mais puisque ce marbre blanc était si beau , si supérieur à celui des autres pays, puisqu'il se trouvait d'ailleurs à proximité de la Bresse , à moins de vingt lieues de Brou, pourquoi donc en avoir fait chercher à si grands frais, à *Pise,* en Toscane, ainsi que nous en fournissons la preuve par la lettre du commissionnaire Humbert Grilliet, en 1526 ?

Serait-ce que parce que dans l'espace de quatorze ans , la perrière de St-Lothain était épuisée ? Nous ne le pensons pas. Cette carrière ne produisait que de la pierre blanche d'une qualité supérieure et comparable sans doute à l'*albastre,* peut-être même était-ce de l'*albastre,* puisqu'on s'en est servi dans la *représentacion de la mort des personnaiges des mausolées,* d'après les ordres de Marguerite. D'ailleurs son marché avec Conrard Meyt est antérieur à l'arrivée sur place du marbre de Pise.

Le conseil de Bresse en fournit la preuve dans sa lettre de l'année 1526, adressée à la princesse, dans laquelle il annonce que l'on pourra placer bientôt « les sépultures et « contretables que l'on n'ose poser que l'église ne soit « close de peur que l'on ne les gaste. »

Pourquoi cette pierre, dite d'albastre ou marbre d'albastre, *très-liche et très-polissable,* ne serait-elle pas celle qu'on appelle aujourd'hui à Bourg du *marbre de Saint-Amour,* pierre que les ouvriers du pays font venir du Jura et de la Franche-Comté , et qu'ils emploient au lieu de marbre de Flandres ou de tout autre, pour les tablettes de cheminées , les meubles, les monumens funèbres et tous les ouvrages qui ont besoin d'être finis et polis convenablement.

Quoi qu'il en soit , si ce marbre ou cette pierre d'albastre a servi à la *représentacion des personnaiges morts,* il n'est pas douteux que celui qui fut employé à la *représentacion au vif* ne fût du marbre fin d'Italie. *Neufz* grands blocs venant de Pise coûtèrent, compris les frais de transport jusqu'à Brou, la somme considérable de 1642 florins 6 gros et 2 grains. Ces marbres furent amenés par le Rhône jusqu'au port de Neyron, sous le château de Miribel, et delà conduits par voiture jusqu'à Brou.

Ces neuf blocs ont-ils suffi à l'établissement des mausolées? Il est permis de le croire, puisque six d'entre eux, d'après le P. Rousselet, ont été employés au tombeau de Philibert, et que, d'après la volonté de Marguerite, on ne devait s'en servir que pour les *représentacions au vif* seulement; et encore le tombeau de Marguerite de Bourbon devait-il être tout entier d'albastre, attendu qu'il était en lieu *remot* (retiré). Si l'on y a employé du marbre, c'est certainement parce que ce convoi de marbre d'Italie a suffi, car on ne voit pas qu'il ait été fait plusieurs voyages.

Nous disons donc que le marbre blanc fin venait de Pise; que le marbre noir a pu être trouvé à Vaugrineuse en Bresse, quoique aucune tradition n'en ait été conservée jusqu'à nos jours; que la pierre blanche, dite albastre ou pierre-d'albastre, ne faisant qu'un, doit être celle appelée aujourd'hui marbre de St-Amour, bien que les blocs qu'on extrait soient d'une blancheur moins éclatante, peut-être parce que plus recherchée, elle s'est épuisée plus vite.

Enfin que la pierre ordinaire et les autres matériaux ont été trouvés sur place, rien ne faisant révoquer en doute le témoignage du P. Rousselet qui en cite l'origine.

## VI.

Nous avons eu occasion de citer déjà les lettres du frère Gleyrems, datées du couvent de St-Nicolas de Tolentin. Nous avions auguré de celle du 2 septembre 1521, et notamment de celle du 14 juillet 1526, qu'il avait été chargé, par le prieur, de correspondre avec Marguerite pour lui faire connaître la situation des travaux de Brou.

Nous remarquons, par l'examen de la première lettre, celle du 2 septembre 1521, que dix ans s'étaient déjà écoulés, et les murs de l'église de Brou étaient à peine achevés....

A quoi faut il attribuer cette lenteur dans l'exécution, alors que tout témoigne, au contraire, de l'empressement le plus zélé pour satisfaire le vœu de la princesse? Les ouvriers étaient au nombre de 400; les matériaux se trouvaient sur place; il faut croire que l'argent seul était rare, et que les frais immenses d'approvisionnemens de matériaux et de main-d'œuvre ne balançaient pas toujours les ressources pécuniaires. Du 2 septembre à la Toussaint de la même année 1521, c'est-à-dire, en un mois, frère Gleyrems prévoit que quinze ou seize mille florins qui restent, deviendront insuffisans. « Il s'est employé un si grant « argent, dit-il, que n'avons plus que environ XV ou « XVJ<sup>m</sup> florins, et n'est possible que la dicte somme puisse « fournir plus avant que d'ycy à la toussainct, et *sera* « *fors de enterrompre vostre euvre, si votre bon plaisir* « *n'est d'y vouloir supler.* »

On interrompait donc l'œuvre lorsque l'argent manquait?....

La gêne dans les finances est encore clairement indiquée dans la lettre du 23 octobre 1522, écrite par les membres du conseil de Bresse, lorsqu'ils informent leur *redoubtée Dame* « qu'au départ de maistre Loys (qui avait l'habitude « d'aller passer l'hiver chez lui), il a laissé ses ordonnances « aux ouvriers; mais *qu'ilz sont courtz d'argent*, et serait « besoing avancer du moins sur l'année advenir, aultre- « ment seront contraincts rompre l'atelier qui serait gros « dommaige et retardement de l'œuvre. »

On anticipait donc, pour les fonds, d'une année sur l'autre?.... Et faute d'argent, on rompait donc l'atelier jusqu'à nouvel ordre?

Et cette phrase de la même lettre : « Ma Dame nous avons

« faict crier qui voudrait accenser vostre conté de Villars
« par plusieurs fois, et n'avons pas trouvé plus de 2825 flo-
« rins, forcloz les estangs et la justice. » N'indique-t-elle
pas que les biens de Marguerite, situés en Bresse, ne lui
rapportaient pas toujours les sommes sur lesquelles elle
comptait ?

Et comme les autres recettes, qu'elle pouvait faire ailleurs, devaient venir en compensation des difficultés qu'elle
éprouvait en Bresse, pour la perception de ses deniers et
de ses redevances, on comprend facilement les retards qui
devaient naturellement suivre de l'expédition d'une pro-
vince sur une autre et des versemens d'une caisse sur l'autre.
D'ailleurs, cette pénurie ne paraît constatée par la lenteur
des travaux, que pour les dix premières années seulement.

En 1523, Marguerite assurait une somme annuelle de
12,000 florins, *pour emploier au dict édiffice, et perfectionnement d'ycelluy.* A cette époque, Jean de Marnix,
son trésorier général, avait été chargé de faire toucher exactement cette importante somme au prieur de Brou, pour
solder les travaux; et en effet, à dater de cette année, on
voit grandir l'édifice. Les rapports apprennent qu'il avance
rapidement, et bien que l'hiver soit une saison peu favo-
rable aux progrès des travaux, on est prévenu par frère
Gleyrems et par Vanboghem lui-même ( lettre du 14 juillet
1526), que l'église est fort avancée. On venait d'y placer
le jubé « qui sera *triumphant* et fort riche pour les beaulz
« ouvraiges et folliages qui y sont. »

Il ne restait plus à faire, après trois années (de 1523 à
1526), ou plutôt après vingt-quatre mois de travail en
bonne saison, *que la dernière des grandes voltes et les
deux allées joignantes au portal. Maistre Loys espérait
même faire tel avancement pour l'esté advenir que le
dit portal sera tant advancé que l'on pourra clore
l'églicse.* »

En 1527, l'église de Brou pouvait donc se fermer, c'était
a seizième année depuis sa fondation.

Ainsi, de 1511 à 1521, dans l'espace de dix ans, les murs seuls sont élevés, les approvisionnemens de matériaux se font lentement. Mais, de 1521 à 1527, on achève de couvrir le temple, les voutes, les galeries, les chapelles se terminent, et l'on peut clore les portes.

De 1527 à 1530, c'est le temps de s'occuper de l'embellissement intérieur, et de la confection des mausolées, dernier ouvrage d'art à établir.

Enfin, le monument entier est terminé et livré au culte en 1536. En tout, 25 années.

## VII.

Parmi les lettres émanées du couvent de Brou, qui, toutes, n'offrent pas le même degré d'intérêt, il importe de citer encore celle du vicaire des Augustins, Remy, à la date du 14 juillet 1508 (année présumée), qui sont autant de titres indiquant que Marguerite avait confié aux religieux de ce couvent la haute surveillance de l'édifice, conjointement avec le conseil de Bresse. Elle avait délégué, dès l'année 1523, le prieur du couvent de Brou pour la *maniance et distribucion* des 12,000 florins qu'elle avait alloués annuellement pour *emploier au dict édiffice et perfectionnement d'ycellui :* elle l'avait aussi chargé d'administrer les revenus du couvent de Saint-Nicolas de Tolentin, qui, déjà en 1528, représentaient une valeur assez considérable en biens fonds.

Frère Remy rend compte de l'acquisition de deux étangs, situés à Chevroux, pour le prix de XV cents florins, *comme estant très utiles et nécessaires pour ayder l'un à l'aultre à l'appoissonaige.*

L'année précédente, dit cette même lettre, on avait acheté déjà un premier étang au nom de la princesse. Le prix de ceux-ci en est avancé par le couvent au moyen d'un emprunt, et frère Remy annonce que le couvent *acceptera les dicts XV cens florins pour revenu annuel.*

Il nous paraît très-naturel que Marguerite ait protégé
les religieux de l'ordre des Augustins, puisque c'est à sa
sollicitation que le pape Jules II les avait envoyés, en
15o6; l'institution du couvent de Brou était aussi son œuvre;
elle avait promis de le doter, et nous savons avec quelle
pieuse exactitude cette magnanime princesse accomplissait
ses promesses.

D'ailleurs le clergé était puissant, éclairé, instruit; il
devait lui paraître indispensable pour la conservation de
son œuvre, et en se l'attachant par la reconnaissance, elle
devait compter sur l'entretien de Brou : le corps religieux
des Augustins, en se perpétuant pendant plus d'un siècle,
exerça une surveillance active et continuelle. Le temps a
justifié cette prévision d'une haute sagesse et d'une habile
politique. Malgré les orages des révolutions, malgré le van-
dalisme et l'émeute populaires, ce beau monument est encore debout après 3oo ans !!! Si nous ne le retrouvons plus
parfaitement complet, sous le rapport de l'art, si quelques
chefs-d'œuvre de détails ont été brisés ou enlevés ; si enfin
un faux zèle, une susceptibilité outrée ont contribué na-
guères encore (1) à la mutilation des génies qui veillent sur
les tombeaux, du moins, le clergé éclairé a-t-il, en tout
temps, et depuis les Augustins de Brou, mérité généralement la reconnaissance du pays pour les réparations qu'il
y a entreprises avec intelligence.

Nous avons remarqué dans la correspondance de la princesse que chacun rivalisait de zèle pour la bien servir. Le
conseil de Bresse nous en fournit plusieurs exemples pal-
pables. On avait à cœur de répondre dignement à l'autorité,
à la bienveillance, à la tendre sollicitude de Marguerite
pour les intérêts du pays et de ses sujets ; et lorsque, par
un abus de confiance, ou un acte inique, un fonctionnaire
avait démérité, on faisait bonne et prompte justice.

(1) En 1831.

Guillemin de Maxins, chastellain de Montluel, ayant été signalé pour avoir été *fort bastu d'ung nommé mons* de *Chiloup, avec lequel il a accordé sans rien avoir dict, ni dénoncé en justice ;* et de plus, *estant un homme de maulvaise renommée,* le conseil de Bresse demanda son remplacement comme non *soffisant dans l'office de trésorier.* Il paraît que ce Guillemin de Maxins avait été nommé par Marguerite, comme *maistre de ses euvres en l'édiffice de Brou, pour entendre à la réception et la délivrance des desniers ordonnés pour les travaux du dict édiffice.*

Pensant, comme le conseil de Bresse, qu'un gentilhomme qui se laisse impunément outrager est indigne de sa confiance, faisant droit à la requête présentée, Marguerite date de Malines une ordonnance qui révoque ledit Guillemin, et confère les mêmes pouvoirs au prieur du couvent de Brou.

Quatre mois seulement s'étaient écoulés (du 23 octobre 1522 en mars 1523), depuis la connaissance du fait reproché, et justice était faite.

## VIII.

L'acte de donation du 13 avril 1521 des divers biens situés en Bresse, dont Marguerite d'Autriche dota le monastère de Brou, est un document de la plus haute importance.

La charte qui nous a été communiquée par le savant bibliothécaire du département du Nord, et dont nous avons adressé la copie conforme à M. le président de la Société d'Emulation de l'Ain, est scellée de deux grands sceaux en cire rouge. Ils sont renfermés, chacun, dans une boîte de fer-blanc. Sur l'un d'eux nous avons lu ces mots, à l'entour : « *Gloria in excelsis Deo.* » Ce parchemin, fort bien conservé, est écrit en latin.

Nous avions eu, d'abord, la pensée d'en donner une traduction littérale; mais, outre que le temps que nous donnons à ces travaux est trop court pour accomplir cette tâche dans les délais que nous nous sommes proposés, il faut encore faire la part des difficultés. Ayant renoncé à cette première idée, nous nous sommes borné à en expliquer la teneur, en la dépouillant des longueurs de ce manuscrit; la transcription que nous en avons faite n'a pas moins de *onze pages.* D'ailleurs, une traduction déflore presque toujours le coloris du texte. Les vices de l'époque existent ici dans toute leur plénitude. Le défaut de ponctuation, une infinité d'abréviations, l'orthographe même des mots, plusieurs inusités aujourd'hui, et l'impossibilité de reconnaitre la terminaison féminine par l'omega, pouvaient compromettre le véritable sens des phrases. Laissons leur donc leur pureté première et bornons-nous au sens principal, en lui conservant, toutefois, la forme originale qui en fait le charme.

Ce parchemin, qui a environ 55 centimètres carrés, contient le procès-verbal de la séance dans laquelle les religieux de Brou prirent connaissance des lettres-patentes de Marguerite, à l'occasion de cette donation.

Ce procès-verbal relate en entier le contenu de ces lettres-patentes, et le notaire du duc de Savoie, Jean Paluat, originaire et citoyen de Bourg, en Bresse, le signe pour lui donner la force d'un acte public.

*Johannes Paluat, oriundus et civis Burgi in Breyssia notarius publicus ducalisque sabaudie, etc.*

Cet acte porte la date de Brou du 13 avril 1521.

Ainsi, la donation, régulièrement acceptée par les donataires, et validée par le notaire, est bien du 13 *avril.* Mais les lettres-patentes de la princesse datent du 28 *mars précédent,* et sont signées de Malines.

*Factis et datis in oppido Mechlinie die Vigesima octava mensis marcij anno anativitate dominj millesimo quingentesimo vigesimo primo, quarum litterarum tenor sequitur et est talis : Margarita, etc.*

L'acte notarié mentionne la présence des principaux notables de la cité. Parmi eux figurent Thomas Berger, Mamert de Coste, remplaçant Claude Ginoti, docteurs en droit ; le trésorier Louis Vioneti, et les membres du conseil de Bresse.

Par sa teneur, on voit que la princesse entend consacrer à la mémoire de son auguste époux défunt, Philibert II, duc de Savoie, un temple destiné à recevoir ses dépouilles mortelles, et celles de Marguerite de Bourbon, mère de ce prince.

La donatrice avait obtenu du pape Jules II l'autorisation de substituer au premier titre d'église paroissiale de Saint-Pierre, qu'on avait d'abord donné à l'édifice de Brou, alors en construction, celui d'église du monastère ou couvent de St-Nicolas de Tolentin.

Ce saint était l'objet d'une dévotion toute particulière de la part de Marguerite d'Autriche.

Elle veut élever, fonder et doter ce couvent habité par des religieux de l'ordre des frères hermites de la Congrégation de St-Augustin, et de l'Observance de Lombardie.

*Suppresso priori titulo parochialis ecclesie sancti Petri hujus modi, in ecclesiam monasterium domum et conventum ordinis fratrum heremitarum sancti Augustini congregationis observancie Lombardie sub titulo et invocatione sancti Nicolai de Tolentino, erigere fondare ac dotare decrevimus.*

Elle agit ainsi pour la plus grande gloire de Dieu, et pour le salut des âmes de ses proches, sans y être contrainte par la force, la violence, l'erreur, la ruse ou toute autre séduction ; mais, au contraire, par l'inspiration divine, de son propre mouvement, de son plein gré, et par suite de sa mûre réflexion.

*Hujus modi presentibus ac pro futuris non imperpe-*

3

*tuum errore, aut vi, seu dolo decepte vel quavis alia sinistra circumventione seducte, sed deo inspirante, motu proprio et ex certa nostra sciencia ac mera deliberatione ac de nostre potestatis plenitudine, etc.*

Elle affecte en conséquence à cette œuvre pieuse un revenu annuel de douze cents florins, monnaie de Savoie, par une donation, entre vifs, des biens stipulés ci-après :

*Sponte gratis mere et libere cedimus remictimus et transferimus ac irrevocabile donatione inter vivos, etc.*

1° Un étang, appelé l'Étang de Chevroux, avec toutes ses dépendances, situé en Bresse, qu'elle a acheté de noble Jean de Montfault, tuteur de Louis de Montfault, son neveu, héritier universel de défunte noble Claudine Rolin, qui le tenait du seigneur Antoine de Palud, pour le prix de neuf cent quatre-vingt-dix-sept écus d'or, sans soleil, au coin du roi de France.

Le revenu annuel de cet étang est évalué, à raison de 5 p. %, *(quinque pro centum)*, cent soixante-quatorze florins et six gros de la même monnaie.

2° Les droits en général de la ville de Bourg, et notamment ceux des grains, droits provenant de l'ancien domaine de la seigneurie de Bresse, par elle achetée, avec le consentement de son illustre et très-cher frère Charles, actuellement duc de Savoie, à Humbert Grillet, fils et héritier de défunt Girard Grillet, stipulant au nom de ses frères et co-héritiers, pour le prix de trois mille florins en principal ; ainsi que ces droits existaient déjà du temps de Philippe de Savoie, comte de Bugey et seigneur de Bresse, le revenu annuel, pour le couvent, est fixé, à raison de 5 p. %, à la somme de cent cinquante florins.

3° Un étang, appelé le grand étang de *Montisleri*, avec deux autres petits étangs, dont l'un s'appelle Lalande, l'autre Rolin ou Rolet, avec leurs droits et leurs dépendances, et situés auprès de *Montisleri*.

4° Aussi en nature de blé, *quatre vingts charges d'âne,*

*de fleur de farine*, mesure de Villars, pour revenu annuel et perpétuel.

*Item, in blado quatuor vigenti asinatas siliginis mensure de Villariis annui et perpetui servicij et redditus, etc.*

5° Item, en deniers, une somme également annuelle et perpétuelle de soixante florins, monnaie de Savoie, prélevée sur le sol, le territoire, la juridiction dudit *Montisteri*.

« *In mendamento predicto Montisterij.* »

Ces différens étangs, et les divers biens acquis dans la seigneurie de *Montisteri*, ont été autrefois achetés par la princesse, ou en son nom, pour les besoins du couvent, *au très haut et très respectables (magnifico et spectabilibus)* Sébastien de Montebello, internonce, et à ses frères Jacob et François Montebello, *seigneurs* du même lieu de *Montisteri*, pour le prix de quatre mille francs *(quatuor millium francorum)*, ou deux mille écus d'or, avec soleil, et deux mille florins, monnaie de Savoie, dont le revenu annuel, pour cette dernière valeur, est, à raison de 5 p. %, de quatre cent cinquante-huit florins et quatre gros, au profit du couvent.

6° Item, une vigne et une maison au vignoble de Jasseron, ainsi qu'une autre petite vigne, située au lieu dit Tyremale, avec un petit pré, biens acquis de Frédéric de Poypone et de Claudine, fille de défunt Vaultherin, qui les tenait d'André Grillet, de Bourg, pour le prix de six cent et quatre-vingts écus d'or du roi, avec soleil, non compris quelques servitudes (*laudibus* et *drauliis*, mots que nous n'avons pu expliquer). Ce qui réduisait, pour cette cause, le revenu annuel à *quatre pour cent* au lieu de *cinq*, et portait l'évaluation à quatre-vingt-six florins et six gros de rente.

Tous ces biens réunis devaient rapporter annuellement les douze cents florins mentionnés dans la donation, mais Marguerite n'en alloue que huit cent soixante-neuf et

quatre gros, au monastère de Brou , se réservant les trois
cent trente florins et huit gros restant, pour la fondation
de l'église.

Elle règle ensuite le nombre des messes qu'elle est dans
l'intention de faire dire en l'honneur de son époux et de sa
mère. Elle demande qu'une messe soit célébrée tous les
jours par les religieux actuels et leurs successeurs, aussitôt
que l'église le permettra ; on devra la célébrer , dit-elle,
avec pompe, avec l'assistance d'un diacre et d'un sous-
diacre, sans omettre la collecte du jour. Les religieux y
chanteront à haute voix.

*Celebrari missam unam pro deffunctis cum dyacono
et subdyacono et collectis pertinentibus cum nota et
cantu solempniter celebrent ac que decantent.*

Après la messe, ils devront s'avancer processionnelle-
ment, en chantant le *Libera me,* au-devant des tombeaux
de son époux, de sa belle-mère et du sien, ce dernier
devant être également placé dans l'église, auprès des
autres sépultures.

*Quodquidem sepulchrum nostrum in dicta ecclesia
apud predictos eligimus per presentes processionaliter
accedant cantantes responsorium* Libera me , etc.

Son intention est qu'il soit dit aussi une autre messe
quotidienne en l'honneur de la bienheureuse Vierge
Marie, dans la chapelle qu'elle lui a dédiée, et qui se
trouve dans l'église. Cette messe doit être également célébrée avec solennité.

Sa volonté est que, dans les jours de grandes fêtes, telles
que la Nativité , la Circoncision , l'Epiphanie , etc., outre
les deux messes qui seront chantées comme de coutume,
il en soit célébré une troisième, pendant qu'on lira , à
voix basse, le *Requiem* sur le grand maître-autel.

Elle désire qu'immédiatement après vêpres, les frères
assemblés dans l'église chantent à haute voix et procession-
nellement le *Libera me ,* pour son salut et celui des siens.

*Cupimus tamen ut cantatis vesperis immediate fratres in ecclesia congregati secundum devotionem nostram supra scriptam sepe dictum responsorum libera me Domine processionaliter more et loco prenarratis decantent pro nostra ac predictorum salute altissimum comprecantes.*

Par prévoyance, elle dispose que si les biens assurés par la présente donation sont vendus dans la suite des temps, pour cause d'utilité du monastère, l'argent qui en proviendra sera converti en rentes perpétuelles équivalentes, par l'achat d'autres propriétés situées au même lieu, de façon qu'aucune puissance, même celle du pape, ne puisse les faire vendre, détourner ni aliéner.

*Nullo modo infuturum per eosdem religiosos et conventum subsistente quavis auctoritate etiam apostolica quovis modo vendi distrahi aut alienari possint.*

Elle interdit encore aux religieux de Brou la faculté de recevoir d'autres biens sous le même titre de donation, et pour le même motif, afin que ce titre de donatrice lui soit conservé *à elle seule*, et ne puisse être transmis à personne.

Enfin, elle exprime le vœu de voir soumettre et accepter toutes ces conditions aux frères assemblés, ainsi qu'au vicaire-général et aux autres principaux chefs de l'ordre de St-Augustin, afin d'acquérir la certitude qu'après sa mort, elles seront strictement et religieusement observées.

En témoignage de sa volonté et de ses promesses, elle signe ces lettres patentes (*manu nostra*) de sa main, les fait sceller de son cachet, en présence du seigneur Antoine de Lalaing, comte de Hoochstrathen, chevalier de la Toison-d'Or; de Simon de Quingey, seigneur de Montbaillon et de Quingey, grand maître d'hôtel; de Claude de Boisset, docteur en droit, doyen de Poligny, premier maître des requêtes; d'Antoine de Montécult, abbé commendataire de St-Vincent de Besançon, son aumônier; de

Philippe Haneton, trésorier des chevaliers de la Toison-
d'Or et conseiller ; et de Des Barres, secrétaire.

L'assemblée des religieux fut, en effet, tenue dans le monastère de St-Nicolas de Tolentin de Brou, et présidée par
le prieur indigne *(prior immeritus)* frère Paul de Volmaris de Dragonerie, du diocèse de Saluces, et d'après
l'autorisation du vicaire-général de la congrégation du
même ordre des frères hermites de St-Augustin, de la règle
de Lombardie.

Voici succinctement l'exposé du procès-verbal de la
séance :

Le prieur ayant fait sonner la cloche du monastère,
comme d'usage *( ad sonum campanelle ut moris, etc.)*
et convoqué tous les frères présens au lieu ordinaire des
conférences, donne connaissance des intentions de la princesse Marguerite à l'assemblée composée de plus des trois
quarts de tous les frères du couvent. Ils acceptent unani-
mement les offres de leur illustre dame, et s'engagent,
eux et leurs successeurs, à l'exécution des offices religieux
demandés. En foi de ces promesses, ils signent le registre
des délibérations ou mémorial de la communauté, et con-
viennent qu'il sera adressé expédition du procès-verbal
aux révérends pères, le vicaire-général de la congrégation,
le président et les principaux fonctionnaires du chapitre
général, afin de donner plus d'autorité à leur déclaration,
et pour que ces faits et actes soient dignement acceptés,
homologués et approuvés.

*Tamen pro majori et ampliori premissorum robore
et firmitate in capitulo nostro proxime celebrando ro-
gare intendimus reverendum patrem vicarium genera-
tem nostre congregationis et reverendum patrem pre-
sidentem ac reverendos patres diffuntores dicti capituli
nostri generalis quatenus omnia et singula premissa sic
capitulariter per nos facta et gesta ut prefertur accep-
tare emologare et approbare dignenter.*

Les frères présens signent ( *manu propriâ* ) et apposent les grands sceaux du couvent. *Ac sigilli magni hujus nostri conventus appensione munientes.*

Suivent seize signatures, en tête desquelles se trouvent celles du frère Paul de Dragonerie, général, et de Raymond de Cesane, vicaire indigne ( *vicarius indignus* ).

Par une apostille, datée de Crémone, du VI mai MDXXI, on voit que le président et les principaux chefs de la congrégation approuvent la décision émanée des religieux du couvent de Brou. Ils en signent le contenu pour le rendre obligatoire à perpétuité tant pour les frères supérieurs que pour les sous-ordres présens et futurs.

En tête de dix signatures, on lit : *Modestus Penzonus,* président par l'autorité apostolique ; *Andreas Grittus,* vicaire-général ; et, en dernier lieu, *Paulus de Dragonario, visitator.*

Ce dernier paraît avoir signé une seconde fois, sans doute, parce qu'il porta lui-même au chef-lieu de l'ordre l'acte d'acceptation sus-mentionné.

La lecture des lettres patentes offre un témoignage irrécusable de l'érudition de Marguerite d'Autriche, qui possédait la connaissance de la langue latine et de plusieurs langues vivantes. On sait qu'elle passait déjà, dans son temps, pour un des hauts personnages les plus lettrés du XVIe siècle.

L'ensemble du document fait apprécier la facilité des communications en 1521, dans le royaume de France, où le service des postes était loin d'être organisé comme de nos jours ; les lettres patentes de la princesse, parties de Malines probablement dès le lendemain de leur entérinement, le 28 *mars,* n'en étaient pas moins parvenues à Brou la veille ou l'avant-veille du 13 *avril,* jour de la séance des religieux, c'est-à-dire en moins de *quinze jours.* La distance est cependant de deux cents lieues... Il ne fallut pas beaucoup plus de temps pour obtenir l'adhésion des chefs de l'ordre des Augustins qui habitaient Crémone, en Italie, puisqu'ils signèrent leur déclaration le 6 *mai* suivant.

Aucun doute ne peut plus exister sur le changement du vocable de l'église de Brou, d'abord dédiée à St-Pierre, en mémoire du vœu de Marguerite de Bourbon; puis à Saint-Nicolas de Tolentin. L'acte de 1521 prouve que ce changement avait été accordé par le pape, antérieurement à cette date, et que l'église n'eut jamais d'autre destination que celle de recevoir les sépultures de famille.

*De licencia felicis recordationis domini Domini Julii pape secundi ecclesiam olim beati Petri de Brou in qua sepulta jacebant corpora prefati quondam Philiberti et clarissime Domine Margarite de Borbonio ejus genitricis, suppresso priori titulo sancti Petri, in monasterium seu conventum nostrum predictum sub titulo et invocatione sancti Nicolai de Tolentino erigi etc.*

On se souvient que l'édifice de Brou date de 1511, et que le père Rousselet fait entrer les pères Augustins de Lombardie dans le prieuré de Brou en septembre 1506, après la réunion de ce prieuré à l'église de Notre-Dame de Bourg, qu'on bâtissait en 1505.

Nous ne pouvons douter que Brou, qui est aujourd'hui un faubourg de la ville de Bourg, ne fût à cette époque un lieu de retraite, un endroit où se trouvait déjà fondé un monastère qui en portait le nom (1). Mais on cherche en vain à justifier la date précise de l'arrivée des pères Augustins dans ce couvent.

Le père Rousselet a pu préjuger de la réunion des reli-

(1) Le père Rousselet, invoquant le témoignage de Fustalier et de Hugues Menard, dit qu'il existait à Brou un couvent de l'ordre de St-Benoît, dont le fondateur fut saint Gérard, 25ᵉ évêque de Mâcon, qui se retira du monde en 927, et vécut en hermite dans la forêt de Seillon, sur le bord de laquelle se trouve le couvent de Brou.

gieux qui s'y trouvaient avec ceux de l'église Notre-Dame, que le couvent de Brou fut immédiatement habité par ceux que le pape venait de désigner, à la sollicitation de Marguerite d'Autriche : mais, s'il en eût été ainsi, comment expliquer que cette pieuse princesse ait attendu de 1506 à 1521, c'est-à-dire *environ* 15 *ans*, pour assurer le bien-être des pères Augustins ?

En 1521, l'église de Brou était à peine commencée, nous avons vu déjà qu'en dix années les murs seuls étaient debout; on ne pouvait y dire la messe. Donc, ses largesses et sa munificence n'avaient alors aucun intérêt privé à récompenser.

Un de ses premiers soins dut être au contraire d'assurer l'existence et l'avenir de ces religieux, et nous pensons qu'ils n'attendirent pas long-temps. Nous ne hasarderions pas l'hypothèse qu'ils n'habitèrent le prieuré qu'en 1521, parce que c'est la date de la donation de Marguerite d'Autriche; mais certainement ils n'étaient pas à Brou depuis 1506, et nous croyons que leur présence doit dater plutôt de 1515 à 1520, qui est l'époque où Jean de Paris, qui avait lui même suivi l'exécution des premiers travaux, en abandonna la direction à Vanboghem, lequel est cité sous le nom de maître Loys (Louis) dans la lettre du frère Gleyrems, datée du 2 septembre 1521, document que nous avons déjà fait connaître.

D'ailleurs, aucune lettre antérieure à cette date n'a encore été trouvée écrite par ledit frère Gleyrems, qui avait mission de correspondre avec la princesse, pour l'informer de l'état des travaux de l'église, et le rapprochement seul des dates sert à préciser les faits.

Selon nous, ce fut Paul de Volmaris qui fut le premier prieur des Augustins de Brou, et c'est sous son administration que le susdit frère Gleyrems (le même que *Louis Glérins*, cité par le père Rousselet) tenait la correspondance du couvent avec Marguerite.

C'est à ce même prieur que cette princesse entendait faire remettre les douze mille florins qu'elle allouait annuellement à l'édification de son *œuvre*, lorsqu'elle décidait, par son ordonnance, datée de Malines, du mois de mars 1523, « que Guillemain de Maxins sera déporté de la « maniance et distribucion de ses desniers et qu'ils seront « désormais distribués au père prieur de son dit couvent « pour les dits ouvraiges et édiffices. »

L'acte de donation précise, d'une manière certaine, l'importance du revenu du couvent de St-Nicolas de Tolentin, provenant de la fondation de Marguerite. Il était de douze cents florins de rentes, c'est-à-dire de dix à onze mille francs de notre monnaie actuelle (1).

Il est vrai que bien qu'il ne touchât réellement que huit cent soixante-neuf florins et quatre gros par an, puisque Marguerite avait affecté les trois cent trente florins et huit gros restans aux travaux de son église, cependant ces huit cent soixante-neuf florins qui représentaient alors environ huit mille francs de notre monnaie, assuraient un assez joli revenu. Le monastère était habité par *vingt frères hermites*, c'était vingt-trois florins pour chacun d'eux, et par simple comparaison, l'on sait que la journée d'un bon ouvrier se payait alors *vingt centimes* de notre argent actuel. Et puis, sans faire entrer en ligne de compte les produits en nature qu'ils recevaient, puisque l'évaluation n'en est pas comprise dans la donation, on voit qu'ils percevaient encore *l'appoissonnage* des étangs appelés le grand étang de Montluel, de Lalande et de Rolin, non compris quatre-vingts charges d'âne, *en fleur de farine;*

---

(1) D'après le *Traité des Monnoies*, in-4°, par Leblanc, 1590, page 165, on donnait en France le nom de florins à toutes les monnaies d'or du temps; l'écu d'or valait neuf à dix livres; douze cents florins en écus d'or au soleil représenteraient aujourd'hui plus de onze mille francs.

cette dotation devait assurer, et au-delà, la nourriture de l'établissement pendant une ou plusieurs années.

On ne peut s'empêcher de remarquer à propos de cette mesure de Villars, appelée *charge d'âne* (*asinatas siliginis*), que la quantité de froment en *fleur de farine* devait représenter *du blé sortant du moulin et dont le son avait été extrait;* or, comme la farine brute se blute ordinairement de 25 à 30 p. ₒ/° pour obtenir la fleur de farine, il s'en suit que les quatre-vingts charges d'âne, de cette denrée, réprésentaient en grains au moins cent charges d'âne; et si la charge d'âne est évaluée à un sac de cent kilogrammes, les religieux percevaient en nature mille quintaux métriques de blé-froment par an.

La consommation journalière de *vingt* frères ne pouvant s'élever au-delà de cent quintaux par an, il en résulte évidemment qu'ils en tiraient un excellent produit en deniers, tout en faisant d'utiles aumônes aux pauvres.

En fixant à *vingt* le nombre des frères, on croit en avoir précisé le chiffre d'une manière certaine, le procès-verbal de la séance du 13 avril 1521 constate la présence à l'assemblée des *trois quarts de tous les religieux du couvent.* Ils signèrent cet acte au nombre de *seize,* donc ils étaient vingt.

*In quo capitulo presentes fuerunt fratres et religiosi dicti et conventus facientes ultra tres quartas partes omnium fratrum totius conventus vocalium quibus sic congregatis et capitulum nostrum tenentibus.*

Ce n'est pas sans une certaine émotion que dans la nomenclature des biens accordés au couvent, on trouve la désignation de plusieurs noms de lieux et de personnes conservés jusqu'à nous. Ce sont d'agréables souvenirs pour quelques-uns, et des renseignemens généalogiques utiles pour les autres.

Nous nous arrêtons d'abord à ceux de Chevroux, de Jasseron et de *Montisteri* ou Montluel.

L'étang de Chevroux était situé à Chevroux même, aujourd'hui village entre Bâgé-le-Châtel et Pont-de-Vaux. Ce qui le prouve, c'est l'explication du texte latin : *Situm in patria Breyssie.* Ce n'était donc pas un étang du nom de Chevroux, près de Brou; mais bien l'étang de Chevroux *dans la patrie de Bresse ;* or, la commune de Chevroux est située dans la Bresse proprement dite.

On se rappelle la lettre du père Remige, datée du 14 juillet 1528 (supposé), qui demande à sa très redoubtée dame le remboursement de XV cens florins que le couvent a empruntés pour acheter *deux étangs assiz à Chevroux.* C'était encore au même lieu, car ce frère dit : « Et pour « ce qu'ilz sont de prix et de franc aloi *et prouchains à* « *celui que y avez ja acquis à vostre couvent, etc.* »

Les étangs de Chevroux étaient donc d'un bon revenu, puisque quelques années après la donation, les religieux achetaient deux autres étangs au même endroit.

*« Item unam vineam sitam in vinoblio Jasseronis loco dicto (en Flament.) et domum, ibidem existentem nec non quondam aliam vineam parvam sitam ibidem loco vocato Tyremala etc.*

Il existait au même endroit une autre vigne appelée Tyremale. Ce nom est, en effet, resté, et désigne encore aujourd'hui une vallée boisée au-delà de Jasseron.

Nous avons recherché si le mot latin *montisterium* pouvait s'appliquer à d'autre localité que celle de *Montluel.*

Sa position topographique dans le pays des étangs (en Dombes), son importance comme seigneurie, tout concourt à nous faire croire qu'il pouvait être traduit par le mot français *Montluel,* aujourd'hui chef-lieu de canton, situé sur la route de Bourg à Lyon, non loin de Villars, dont le comté appartenait à Marguerite, ainsi que le constate la lettre que nous avons déjà rapportée des membres du conseil de Bresse, le 23 octobre 1522, où il est dit : « Nous avons faict crier qui vouldrait accenser *vostre conté*

« *de Villars* par plusieurs fois; et n'avons pas trouvés plus
« de 2,825 florins forcloz les estangs et la justice etc. »

On avait acheté trois étangs auprès de Montluel, le premier s'appelait le grand étang de Montluel (*Magnum stagnum Montisterij*), le second portait le nom de Lalande; et le troisième, celui de Rolin ou Rolet. Ces étangs provenaient de Jacob et François de Montebello frères (*dominis ejusdem loci montislerii*), seigneurs dudit Montluel.

En ce qui regarde la généalogie de quelques familles du pays, on aime à retrouver les noms restés de nos jours, tels que ceux de Claudine Rolin et Rolet, Antoine Palud, Humbert Grillet, Lalande, Thomas Berger, Jean Paluat, Blondel, Chiloup, etc. Ceci nous conduit à rappeler ici que Jérôme Lalande, le célèbre astronome, est né à Bourg, et se trouvait certainement issu d'une des plus anciennes familles de la Dombes.

Le nom de Paluat nous a rappelé un receveur de l'enregistrement de ce nom, décédé à Bourg il y a quelques années.

Une dernière réflexion nous a conduit à rechercher pourquoi dans cette donation la principale portion des biens accordés consiste en étangs. Nous pensons que c'est parce que, dans le XVI<sup>e</sup> siècle, les étangs étaient comme aujourd'hui encore, d'un excellent rapport.

Marguerite d'Autriche possédait de grands biens dans son comté de Bourgogne; il y avait dans la seigneurie de Bresse, des bois, des prés, des terres, mais elle préféra donner les étangs, sans doute parce que le produit en était fort avantageux, facile à écouler par le voisinage de Lyon, d'une surveillance commode, et en rapport avec les besoins du couvent.

Quand on considère le prix élevé d'achat de ces étangs, dans un temps où la valeur monétaire était si minime, on ne peut s'empêcher de reconnaître qu'ils étaient fort recherchés.

Le premier étang de Chevroux, mentionné dans l'acte de donation, avait coûté neuf cent quatre-vingt-dix-sept écus d'or, soit neuf à dix mille francs de notre monnaie actuelle.

Les deux autres étangs de Chevroux, achetés postérieurement en 1528, furent payés 15 *cens* florins, actuellement quatorze mille francs environ.

Les trois étangs auprès de Montluel avaient été acquis pour le prix de deux mille florins et de deux mille écus d'or au soleil, environ quarante mille francs d'aujourd'hui.

La valeur totale de ces étangs s'élevait donc à plus de soixante mille francs; et il est à remarquer que l'on comptait comme maintenant, en 1521, l'intérêt de l'argent en France, au taux légal de 5 *pour cent*. Selon nous, les revenus du couvent de Brou, provenant des étangs, auraient été d'environ trois mille francs de nos jours; certes, la dotation de Marguerite était digne d'une si grande princesse !!!...

Là se bornent les premières réflexions que nous a suggérées la lecture des documens trouvés à Lille. La tâche que nous nous sommes imposée n'est cependant pas celle de tirer des inductions plus ou moins fondées; mais nous n'avions pu résister à un entraînement bien naturel. Ce soin est réservé à une plume plus habile. Nous allons continuer nos recherches pour les transmettre de nouveau à la Société d'Emulation de l'Ain, heureux d'apporter un léger tribut de notre vive sympathie pour la belle église de Brou, et pour le pays auquel nous avons voué depuis long-temps un attachement sans bornes.

www.ingramcontent.com/pod-product-compliance
Lightning Source LLC
Chambersburg PA
CBHW061707180626
46818CB00003B/1302